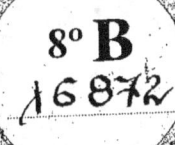

LES
FIGURES DES FABLES
DE LA FONTAINE
Gravées

Par Simon et Coiny

D'après les Desseins du S.

J.ce VIVIER

Peintre et Eleve de M.r Casanove.

Le Texte Gravé   format in-seize

Papier d'Hollande).

Prix 3 #

A PARIS

Chez Simon et Coiny Graveurs au

Bureau du Voyage Pittoresque de la

Grece rue Pagevin). N.° 16.

A. P. D. R.

FABLE PREMIERE
La Cigale et la Fourmi.

FABLE PREMIERE
la Cigale et la Fourmi.

La Cigale, ayant chanté
  Tout l'été,
Se trouva fort dépourvue
Quand la bise fut venue ;
Pas un seul petit morceau
De mouche ou de vermisseau.
Elle alla crier famine
Chez la Fourmi sa voisine,
La priant de lui prêter
Quelque grain pour subsister
Jusqu'a la saison nouvelle.
Je vous pairai, lui dit-elle,
Avant l'Oût, foi d'animal,
Intérêt et principal.
La Fourmi n'est pas prêteuse :
C'est là son moindre défaut.
Que faisiez-vous au tems chaud ?
Dit-elle à cette emprunteuse.
Nuit et jour, à tout venant
Je chantois, ne vous déplaise.
Vous chantiez ! J'en suis fort aise ;
Hé bien, dansez maintenant.

FABLE II.
Le Renard et le Corbeau.

FABLE II.

Le Corbeau et le Renard.

Maître Corbeau, sur un arbre perché,

Tenoit en son bec un fromage.

Maître Renard, par l'odeur alléché,

Lui tint à-peu-près ce langage :

Hé ! bon jour, Monsieur du Corbeau !

Que vous êtes joli ! que vous me semblez beau !

Sans mentir, si votre ramage

Se rapporte à votre plumage,

Vous êtes le Phœnix des hôtes de ces Bois.

A ces mots, le Corbeau ne se sent pas de joie ;

Et pour montrer sa belle voix,

Il ouvre un large bec, laisse tomber sa proie.

Le Renard s'en saisit, et dit : Mon bon Monsieur,

Apprenez que tout flatteur

Vit aux dépens de celui qui l'écoute :

Cette leçon vaut bien un fromage, sans doute.

Le Corbeau, honteux et confus,

Jura, mais un peu tard, qu'on ne l'y

prendroit plus.

FABLE III.
La Grenouille qui veut se faire
aussi grosse que le Bœuf.

3

FABLE III.
La Grenouille qui veut fe faire aufſi groſſe que le Bœuf.

Une Grenouille vit un Bœuf,

Qui lui ſembla de belle taille.

Elle, qui n'étoit pas groſſe en tout comme un œuf,

Envieuſe, s'étend, et s'enfle, et ſe travaille,

Pour égaler l'animal en groſſeur,

Diſant: Regardez bien, ma ſœur,

Est ce aſſez? Dites-moi, n'y ſuis-je point encore?

Nenni. M'y voici donc? Point du tout. M'y voilà?

Vous n'en approchez point. La chétive pécore

S'enfla ſi bien, qu'elle creva.

Le monde est plein de gens qui ne ſont pas plus ſages.

Tout Bourgeois veut bâtir comme les grands

Seigneurs:

Tout petit Prince a des Ambaſſadeurs:

Tout Marquis veut avoir des Pages.

FABLE IV.
Les deux Mulets. *Pl. 1.re*

FABLE IV.
Les deux Mulets. *Pl. 2.ᵉ*

4

FABLE IV.

Les deux Mulets.

Deux Mulets cheminoient l'un d'avoine chargé,
  L'autre portant l'argent de la Gabelle,
Celui-ci, glorieux d'une charge si belle,
N'eut voulu pour beaucoup en être soulagé.
  Il marchoit d'un pas relevé,
  Et faisoit sonner sa sonnette :
  Quand l'ennemi se présentant,
  Comme il en vouloit à l'argent,
Sur le Mulet du fisc une troupe se jette,
  Le saisit au frein, et l'arrête.
  Le Mulet, en se deffendant,
Se sent percer de coups ; il gémit, il soupire.
Est-ce donc là, dit-il, ce qu'on m'avoit promis ?
Ce Mulet, qui me suit, du danger se retire,
  Et moi j'y tombe et j'y péris !
  Ami, lui dit son camarade,
Il n'est pas toujours bon d'avoir un haut emploi ;
Si tu n'avois servi qu'un Meunier, comme moi,
  Tu ne serois pas si malade.

FABLE V.
Le Loup et le Chien.

FABLE V.
Le Loup et le Chien.

Un Loup n'avoit que les os et la peau,
Tant les Chiens faisoient bonne garde :
Ce Loup rencontre un Dogue aussi puissant que beau,
Gras, poli, qui s'étoit fourvoyé par mégarde.
L'attaquer, le mettre en quartiers,
Sire Loup l'eût fait volontiers,
Mais il falloit livrer bataille ;
Et le Mâtin étoit de taille
A se défendre hardiment.
Le Loup donc l'aborde humblement,
Entre en propos, et lui fait compliment
Sur son embonpoint qu'il admire.
Il ne tiendra qu'à vous, beau Sire,
D'être aussi gras que moi, lui repartit le Chien.
Quittez les Bois, vous ferez bien :
Vos pareils y sont misérables,
Cancres, heres et pauvres diables,
Dont la condition est de mourir de faim.
Car, quoi ! rien d'assuré : point de franche lipée :
Tout a la pointe de l'épée.

Suivez-moi, vous aurez un bien meilleur destin.
  Le Loup reprit : Que me faudra-t-il faire ?
Presque rien, dit le Chien : donner la chasse aux gens
  Portant bâtons, et mendians ;
Flatter ceux du logis, à son maître complaire :
  Moyennant quoi, votre salaire
Sera force reliefs de toutes les façons,
  Os de poulets, os de pigeons,
  Sans parler de mainte caresse.
Le Loup déja se forge une félicité
  Qui le fait pleurer de tendresse.
Chemin faisant, il vit le col du Chien pelé :
Qu'est-ce là ? lui dit-il. Rien. Quoi ? rien ? Peu
  de chose.
Mais encor ? Le collier dont je suis attaché
De ce que vous voyez est peut-être la cause.
Attaché ! dit le Loup : vous ne courez donc pas
  Ou vous voulez ? Pas toujours ; mais qu'importe ?
Il importe si bien, que de tous vos repas
  Je ne veux en aucune sorte,
Et ne voudrois pas même à ce prix un trésor.
Cela dit, Maître Loup s'enfuit et court encor.

www.ingramcontent.com/pod-product-compliance
Lightning Source LLC
Chambersburg PA
CBHW061618180626

46818CB00005B/2129